剝製篇

剝製篇

建畠哲

思潮社

目次

*

剝製篇

装幀　清岡秀哉

剝製篇

あの声をどうして防ぐのか

あの声をどうして防ぐのか、雨の街のあの声を。黒い川の橋を渡り、騎馬像の広場を横切り、古い図書館の角を曲がり、速足で遠ざかって行く、雨にけむる旧市街から。その先の狭い路地の街で開かれる集会に足を向けるわけではない。詩人は労働者だ、そうでなければ亡霊だと言った人たちは、毎週のように情緒のないインド砂岩の建物に集い、傷だらけの床板の上にびっしりと椅子を並べて、沈黙の多い会議をする。沈黙が苦手な私は誘われても欠席を繰り返したが、そのことで別段、批判されたことはない。今日もまたいつものようにあの声が響く街へと入って行くのだ。

あの声の街へ。誰もが亡霊である街へ。声だけが聞こえるマボロシの集会へ。防ぎようもないあの声。詩はみな亡霊の声だから、声だけで集う。途中の道端に旧市街の叔父や叔母が心配げに佇んでいることもあったが、やはり批判はされなかった。耳元で「あの声をどうして防ぐのか」とささやくだけであった。雨にけむる旧市街の叔父よ、叔母よ。あの声をどうして防ぐのか。ああ、誰もが亡霊である雨の日のあの声をどうして防ぐのか。詩人はみな、声だけで集うというのに……

陸蒸気《おかじょうき》のアネさん

絶世の美人は実はこの世に何人もいると聞くが、陸蒸気のアネさんもその一人であるだろう。アネさんが美人であることは疑いようがない。人力車の車夫である俺は、陸蒸気の傍らを駆けながら、日ごと、アネさんのことを考えている。心の中でアネさんにいろいろ話しかけてみる。おそらく沿線の先生や散歩の神も同じようなことをしているはずだ。

「アネさん、なぜ陸蒸気なの？　陸じゃなくて岡じゃない？」

アネさんはいう。

「陸だよ、陸じゃなきゃ」

「なぜ？」

「岡ってかわいい
陸は重くって、立派でしょ」

「ええ」

「だから陸、陸蒸気」


俺は日ごと、陸蒸気の傍らを駆けているから、まことしやかに痩せている。アネさんは陸蒸気の火夫だから、馥郁たる香りがする。

「アネさん」

「なに？」

「アネさんは絶世だよね」

「えっ？」

「馥郁としてるよね」

「あんたは車夫でしょ」

「はい」

「アタシにはかなわないよ」

「はい」

「カテゴリーが違うでしょ」

「はい」


たしかにアネさんは絶世で、馥郁としていて、俺とはカテゴリーが違う。郊外の先生も、散歩をする神も、その俺に車を引かせて、日ごと陸蒸気を追いかける。

沿線の先生はいう。

「絶世だ、たしかに」

散歩の神はいう。

「絶世は他にもいるが」


カテゴリーの違うアネさん、陸蒸気は陸であって、岡蒸気だと、かわいすぎてアネさんは似合わない。そうなんですね？


「いいから走りなさい」

「はい」

「痩せてもいいから走りなさい」

「はい」

アネさん
陸蒸気のアネさん
俺は走ります
カテゴリーの違うアネさんを追いかけて
陸蒸気の傍らを走ります
ああ、絶世のアネさん
痩せてもいいから俺は走ります

ねえ、セギさん

ねえ、セギさん
私、少し悪いの
誰かを迷わせて
背後から撃って（崖の下で）
それから家の中に戻るの

ねえ、セギさん

セギさんはどう？
悪いことした？
誰か消した？

誰か、狂わせた？
狂わせて
消した？
崖の下で

セギさんは若くない
だから、いいんだ
誰か、狂わせても
狂わせて消しても

セギさんはきっと弱いのに
強そうに見える
腕は二本なのに
三本みたいに見える

セギさんは若くないのに
三本の腕を振って
街の舗道を歩いてる

だから、私も
誰かを迷わせて
崖の下で背後から撃って
それから家の中に戻るの

ねえ、セギさん
セギさんはどう？
セギさんも悪い？
誰かを消した？
ねえ、セギさん

ねえ、セギさん
誰かを消した？
崖の下で
それから街の舗道を歩いた？

ねえ、セギさん
私、家に戻るの
それから床を撫でるの

二本の腕で床を撫でるの
そしてまた誰かを迷わして
背後から撃つの（崖の下で）
ねえ、セギさん

ねえ……、セギさん

2ドルのレインコート

オリビアさんの緑色のレインコートは2ドルだった。濁った河の畔にある店での話だ。オリビアさんは伴侶と手をつないで飛行機のタラップから下りてきて、その足で街に行って、すぐにレインコートを買った。そして近くの小さな桟橋に泊まっていた外輪船に乗った。

オリビアさんの大陸は詩には優しいらしい。オリビアさんの故郷の街にも老いた詩人がいて、雪谷のセイイチさんとエアメイルで文字の〈横断飛行〉をしあっていたそうだが、セイイチさんは周囲とは折り合いが悪く、長生きもしなかったので、大陸には行く機会がなかった。

外輪船には客が少なかったが、民族服の楽団がいて、時間が来るとお決まりの演奏を始めた。伴侶と一緒に手拍子をとったのは、きっと大陸に来れなかった詩人の代わりをしていたのだろう。灰色の川面に雨が降り始めた。レガッタの練習をする学生のボートが外輪船の横を過ぎて行った。

「さみしいね」と伴侶はいった。

「今日は特別な日」とオリビアさんはいった。「〝忘れ去られた人々〟の日。セイイチが一緒にいるの」

「さみしい話だね」

「一度だけ詩の朗読をしたのよ、セイイチと。雪谷の狭い部屋でテープを回しながら」

雨が止まないので楽団は途中で引き上げた。二人は誰もいなくなった甲板に残って、川沿いのまばらな家並みを見るともなく見ていた。緑色のレインコートが川風に揺れていた。

「どんな朗読？」

「アイシテル、アイシテルって交互に囁き合うだけ」

「それもさみしいね」

オリビアさんの大陸の河を外輪船はゆっくりと進む。遠くに次の桟橋が見えてきた。

「あそこで降りる？」

「そうね。降りてもいいわ。セイイチの日はこれでおしまい」

インドの影の影

ホテルの庭では黒い影が動いていて
（誰が誰の影なのか分からないままに）
いくつかの影はどこかへと消え
新たな影がどこからか現れ
（それは同じ誰かの影が出没を繰り返しているだけかもしれないのだが）
インドの庭は暗さを増して行く

影にも影があるとすれば
どの影が影で
どの影が影の影なのか
見分けはつかない
庭にはただ暗い影が動いていて

インドの影の影
影の影の影……

影の影は影だから、影の見分けはつかないが
とすれば、この暗い庭には無数の影が
影の影、影の影の影、そのまた影が現れては消えている……

やがて庭の闇が深まり、
影は次第に見極められなくなり
（しかしそれは影が失われてしまったのではなく）
闇の中に溶融しつつ
見えない出没を続けているに違いない
影である影はもはや溶け合う影である
（あるいは影が一面に溶け合えば闇になるのだ）

インドの暗い庭では見えない影が消えては現れる
インドでは闇は混沌ではない
インドではただ影と影の影の見極めがつきがたいだけである
インドでは影が現れては消えている
インドでは影の影が、影の影の影が出没を繰り返している
インドでは

インドの暗い庭では……

影の蜂起

マボロシの日記

某月某日　早朝の電話で影の蜂起を知る。すぐに車を手配し、シティホールに向かう。すでに幹部の何人かは到着していた。急ぎ、玄関の前に机や書棚を積み上げてバリケードを作る。街はまだ静まり返ったままだが、道の両側に報道陣のカメラの砲列が数を増して行く。朝日が前庭に深く差し込む頃、遠くからシュプレヒコールが聞こえ始めた。だがなかなか近づいては来ない。バリケードの補強は続くが、正直なところ、さして役に立つとは思えない。騒動になるかどうかも分からない。紙コップのココアが配られてバリケードの下で飲む。不意にシュプレヒコールの声が大きくなった。行進は広場のあたりまで来ているらしい。こちらの緊張も高まる。といって何ができるというわけでもない。隊列が姿を見せた。無数の娘たちの影だ。「影よ、蜂起せよ」と声を合わせて叫んでいる。そのまま隊列はバリケードに向かって進んで来る。多勢に無勢でどうしようもない。娘たちの影は叫びながら難なくバリケードの中を通過して行った。実のところ、影の隊列では抗いようもなかった。

某月某日　夕刻、影の蜂起の鎮圧が伝えられる。鎮圧というよりは、むしろ自然消滅のようなものであったらしい。さして被害があったわけではないが、ほっとはした。積んだままにしてあったバリケードも夜遅くまでかかって片づけた。まあ、被害といえばまったく意味のないバリケードを作らされたことくらいであろう。影の行進はあれからどこへ向かったのか。雨の降る日もバリケードの内側で見張りについていたが、なぜか消息は伝わってこなかった。もう一度現れてくれないかという気持ちがなかったといえば嘘になる。（追記）影は一人減り二人減りして、町はずれの橋のあたりで見えなくなったと後日、聞かされた。

某月某日　なぜか影の蜂起が気にかかっている。あのシュプレヒコールが耳に残っている、いや、今なお遠くの方からかすかに聞こえてくるような気がしてならないのだ。ひょっとして見えない影の行進がどこかで続いているのではないか。娘たちの隊列がまた現れてマボロシのバリケードの中を通過して行く……。影よ、蜂起せよと、一人呟いてみる。影よ、蜂起せよ。

今、街は平穏であろうとも、影よ、蜂起せよ。マボロシの娘たち、マボロシのシュプレヒコール、そしてマボロシのバリケード……

若鷲だが

若鷲だが、若鷲のようではあるが、そのあたりの事情についてては、やや詳しく述べる必要があろう。昨晩は雨だった。雨粒が激しく屋根や窓を打ち、その雨音に包まれて部屋の中の私の心は和らいだ。私は誰のものでもない記憶を引っさげて薄暗い部屋に入ったのだが、そこには戦士たちが、夢の戦士たちがたむろしていた。誰が若鷲で、どこまでが若鷲で、いつまでが若鷲であるのか。それは雨の夜の不文律であって、あえて口に出す者はいない。

そこで。若鷲と裸婦、若鷲と星々、若鷲と階段などの組み合わせを考えてみる。たとえば若鷲は繁みにあってじっと丸い目を見開き、その背後の暗がりには裸婦がうずくまっている。両者は無縁ではないが、親密ともいえない組み合わせである。星々についてはどうか。若鷲と星々は場所を同じくすることはない。つまり組み合わせそのものが成り立ちにくい。階段は難しい例だが、若鷲は階段の意味を理解せず、そこを昇ることもないはずだから、組み合わせても現実的な関係は生じまい。類推とはそれなりに面白いものである。いや、こうしたこともまた不文律の一種ということになるのかもしれないが、ともあれ、私は勢いを増す雨音を耳にしながら、いくつかの類推を重ねていたのである。

部屋の中の夢の戦士たちはみな無口であった。答えを述べる時が到来しつつあった。誰が若鷲であるのか。どこまでが若鷲で、いつまでが若鷲であるのか。夢の戦士たちは沈黙している。雨音はさらに激しくなる。

　若鷲は若干の関係性の中にいるが、人称代名詞にすれば、どうなるのか。あいまいな一人称ということか。組み合わせとしていえば、我ハ他者ナリということか。JE est un autre――．若鷲。それは一個の他人としての私である。不文律に代わるものではないにしても、そういっておいて、別段、不都合はあるまい。無口な戦士たちがたむろする薄暗い部屋にあって、弱肉強食への埋没を記憶するよすがとはなるであろう。沛然と降りしきる雨の夜の類推の顚末を記してみた次第である。

透明な住人

　この部屋の人たちはみな、熟達した透明として微笑んでいる。音としてのみ知られる住人たちだから、議論の余地がある推測ということになるが、ともあれ西窓から午後の日差しが斜めに差し込む頃になると、彼ら、彼女らは皆、囁きを交わしながら奥の方へと移動した。そこでどうやら微笑みは終わり、音の範囲が拡大することになる。

　いま、誰かが差し込み、誰かが開いた。いま、誰かが噛み、誰かが呻いた。いま、誰か伏せ、誰かが打った。いま、誰かが曲がり、誰かが伸びた。いま、誰かが反り、誰かが捩れた。こうしたことも、すべて透明を認めた尺度で判断されることである。窓の外には第三薄暮が訪れている。すると熟達しているとはいえ、透明の領域が分かりにくくなってくる。誰もが次第に動きを緩慢にし、音が鎮まって行く。暗くなりつつある部屋の奥で、点呼のような会話が交わされた。「皆さん、どうですか？　何がありました？」「私は押された」「私は踏まれた」「私は倒された」「私も」「そうだ、私も」

そのようにして透明な住人たちは夜に入っていった。深まる闇では尺度はどうなるのだろう。闇でもなお音として語られうることなのか。「他の方は、どうですか？」「私は消えた」「私も消えた」「私も」「私も」「そうだ、私も」。いつまでも穏やかに続く、透明が分かりにくくなった夜の点呼……。

剝製篇

霧と剥製

小川を伝い生垣を越えて、街の十字路を襲う、朝霧夜霧。リンリンと霧が流れる領土が沈めるのは、未明の秘技、夜半の密事であり、ぬれた石畳の路にたたずむ私たちをも、溶暗と消失への欲望へと誘わずにはおかなかった。並木も霧、街灯も霧、亡霊のような人影も、傍らをゆっくりと通り過ぎるセダンも霧。手も霧、指も霧、スカーフに埋まる細い首も霧。私たちは霧なのだ。霧の私は霧のおまえを抱しめた。小さな声が漏れたが、それも霧の中へと消えた。ああ国境もなく！　故郷もない！　霧の領土の秘技、密事……。

いま、霧はリンリンと流れ、すべての「地の凋落」を消し去っている。だが、しかし……。その霧の海もまた消えるべき「束の間のはかない領土」であるに過ぎないのだ。やがては蘇るであろう、罪も、罰も。やがては凋落の昼が来て、やがては剝製の国の歌も聞こえるであろう。ああ、だが、今はといえば、すべてを沈める霧の領土。国境は消え、故郷も失われた、朝霧夜霧。罪は埋もれ、罰も見えない、朝霧夜霧。


私は尋ねた、亡霊の影に。

「あなたは、どなた？」

「今は霧の、だがやがては剝製のスヴィドリガイロフ」

剝製諤々《がくがく》、狂えるマエストロ

剝製の職人は雨の日にも早朝から仕事に勤しんでいる。湿度のせいで制作がはかどるというのだ。同業からも一目置かれている偏屈なマエストロだが、その日も前日に持ち込まれたというオウムを手に取り、前後左右からじっと見つめ、おもむろに作業台の上に置いて解体にかかる。手際は素早く、昼前には義眼を埋め込んでいた。

私は工房の隅で、話し掛けることなく、その一部始終を眺めていた。

「つまらん仕事だろう、君には」

「そんなことないですよ。見事なものですね」

「今日は雨だからな。で、何か聞きたいことはないのか」

「そうですね。剝製って、蘇生ですか。先生にとっては」

「素人にはそう見えるかもしれんが、話は逆だ」

「逆って？」

「生きた鳥を目ざしたのでは、剝製はうまくいかない」

「でも私はそう見えなくもないのですが」

「剝製とは詰まるところは型なんだよ。永遠不変ということだ」

「それはそうだけど」

「不動であることに少しの違和感もない。それが剝製というものだ」

「なるほどね」

「まるで生きているようだと思わせるのは邪道だ。永遠の型でなければ剝製とはいえない」

マエストロは両手で何度も撫でで、剝製の羽を整えた。

「たしかに今にも飛び立ちそうな剝製で知られる輩もいないではない」

「それでは駄目ですか」

「プライドのない連中だよ」

「それはそれでいいような気もしますがね」

「剝製は左甚五郎ではない。受けを狙うのは品のない話だ」

「プライドですか、剝製の奥義は」

「どんな仕事でも、そうではないかね。君はどうだ」

「私は雑誌記者ですからね。相手に合わせなければ仕事になりません」

「そんなもんかね」

「あるいは少し怒らせて、本音を引き出すとか」

「今の君がそうなのか」

「いや、そんなつもりはないですよ」

「もちろん剝製にはいろいろあっていいと思わないでもない。だが時間を静止させない剝製を認めるわけにはいかんのだよ。君に分かるかね」

「分かるような気もしますが」

「ところで、今君が見ているのは仮の姿にすぎない」

「仮の姿？」

「これからが勝負なのだ」

「勝負って？」

「知りたければ明日も見に来たまえ。明後日もな」

「弟子入りしろってこと？」

「剝製は一人仕事だよ。弟子は取らん」

そういいながら、マエストロはもう一度、オウムの羽をゆっくりと撫でた。顔は気難しいままだが、満足気な仕草に思えなくはない。

私はなぜか見てはいけないような気がして、奥の壁の棚に整然と並んでいる大小のヘラや光るメス、鋏、曲尺に黙って目をやっていた。

しばらくしてマエストロは呟いた。

「本音を聞くために怒らせてみると言ったな、君は」

「不用意なことを口にしてしまいました」

「かまわんよ、試してみたまえ」

「では、お言葉に甘えましょう。失礼ながら先生は狂えるマエストロだ」

「そうかね。別段、腹は立たんが」

「じゃあ、厭世の剝製学」

と、突然、マエストロは作業台を激しく叩いた。

「学か。学はいかんな」。そして詫びる間もなく毅然と言い放った。

「それなら君、剝製諤々と言いたまえ」

早くも勝負あり。剝製諤々。これが本音か。でも、なんのことやら……

新内と剥製

ディープサウスへの長電話

夜中の三時、ディープサウスの街に電話。新内の名取になったたって聞いたけど、新内って語るだけじゃなくて三味線も自分で弾くんだって……

「よく分かんないけど、ちょっとびっくり。きみはさあ、あちこち遍歴してきて、やってることも半端じゃないよね。アムスではダンサーで、バンクーバーでは人形遣い、いまは新内って」

「ダンサーより新内のほうがましでしょ、私には」

「声の周波数がいいからね。でもディープサウスって乾燥地ばかりで、街ったって、砂漠の中に高層ビルが並んでいるだけじゃないの？」

「そうね。私の家は平屋だけど」

「そんなとこで新内流しなんてやれる？」

「昔の話でしょ、流しって。それにお弟子さんは黒人だけだしね」

「もう弟子がいるんだ」

「オンラインだけどね。東京のお師匠さんにもオンラインでお稽古をつけてもらってるの」

「その方がいい場合もあるよね。画面で手もとを見せたり」

「師匠は最初と終わりに顔を出すだけで、あとは出てこない。ただ聞きなさいっていうの。画面は剥製の鳥だけよ」

「なんで？」

「きっと好きなんでしょう、剥製が」

「変わってるね」

「私もインコの剝製をもってるの。テーブルの横に置いてる」

「お師匠さんの真似したってこと?」

「まあね。私のはちっちゃいけど」

「新内と剝製か。話としては悪くないかも。で、今、何してる?」

「何してるって、電話してるだけよ」

「僕はさあ、ヘッドホンで話してるから、足の爪を切ってる」

「めちゃくちゃ失礼じゃない? それって」

「かもね」

「かもねじゃないよ」

「でも剝製を見ながら話すってのも、なんか不気味かも」

「じゃ、どっちもどっちってことにしておこうか」

「そうだね」

「ねえ、アバターって知ってる?」

「分身のことだろ、ゲームなんかの」

「お師匠さんの剝製のオウムは、きっとアバターのような気がする」

「さらに怪しげな話だね」

「じっと見ちゃうのよね、画面の剝製を」

「お師匠さんはそれを期待してるんじゃない？」

「そうかなあ」

「そうだよ。アバターがいないとうまくコミュニケーションできないんだよ」

「そんなことはないと思うよ、おしゃべりだし」

「オウムにしゃべらせているんだよ」

「だとすれば、たしかに怖いね」

「だろう？」

「嫌なこと聞いちゃった」

「本当のことかも」

「次のお稽古がしにくくなる」

「いいじゃない、こっちもアバターのインコを画面に映しておけば」

「剝製同士のお稽古ってこと?」

「まあね」

「おお、こわ」

とかなんとか、とりとめのない話は続く。新内と剝製か。悪くない取り合わせだね、砂漠の街なら。まだまだ終わりそうもないディープサウスへの長電話。新内と剝製。

夜はレンズに

夜はレンズに
いろんなことをして
まだし残したことはあったようだが
時間がなくて帰って行った
上半身はいつも濡れていたというレンズ
淋しいといえば、少しは淋しい
そして、もう若いともいえない

夜とガラスの話である

擬人化するのが罪で
擬人化されるのが罰というのは
どう考えてみても理屈が合わない
その齟齬をうまくは説明できずに
朝になり昼になり
再び夜になって
理不尽な時間が過ぎて行った
一人は笑い、一人は黙ったままだった
そのようにして繰り返された、私たちの無名の夜

傷を負ったヒロインは、剝製の鳥が並ぶ回廊を歩み
皮のベルトのヒーローは、運河の灰色の橋を渡る

そして再び朝になり
昼になり夜になる
夜とガラスの話といっても
所詮は時間の中のことだ
淋しさも、笑いも十分ではない
いろんなことをし残して帰って行く無名の夜
夢ですら終わりまで見られることはない……

いつからいつまでが
擬人化されるのか
朝には終わり
夜にはまた始まるのか
その齟齬はうまくは説明できなかったが
罪も罰もさほど激しかったわけではない

淋しさも、笑いも十分ではない
所詮は時間の中の話なのだ
ビアンディール、レッセフェール
上半身はいつも濡れていたというレンズ
夜はレンズにいろんなことをして
し残したまま帰って行った……

マルシナ、水で書かれた文字

忘れた、何もかも
忘れたことさえ、忘れたのだ……

あの朝、マルシナは庭の小さな円蓋の下の丸テーブルに
細い指先で水の文字を書いた
そして微笑みながらゆっくりと立ち上がり
芝生の庭を去って行った、振り返りもせずに

マルシナはどこへ行こうとしていたのだろう
テーブルに残された水の文字は読めなかった
誰に尋ねても、マルシナの行き先は知らなかった
そして三日後に森の中で見つけられた
赤い土にまみれてマルシナは雨の中に静かに横たわっていた

その夜、私は初めて会う彼女の仲間たちとともに
同じ長袖の茶色のバティックのシャツを着て
町外れで開かれた集いに出かけたが
すぐに何台かの黒い車が現れて解散させられた
誰もが黙したまま分かれていった

マルシナはなぜ消えてしまったのだろう、水の文字だけを残して

誰にも告げずにどこへ行こうとしたのだろう
私は微笑を浮かべるマルシナを止めなかったし
止める言葉も思いつかなかった
私は何も知らなかったのだ

あれから四半世紀がたった街に
私は戻ってきた
街には車やバイクが激しく行き交っている
マルシナがいたから、今、街は穏かだと
久しぶりに会った仲間の一人はいう
あの日、マルシナは一言だけを言い残して立ち去った
Never forget me
私を忘れないで
そう、この街はマルシナがいた街だ、誰一人忘れるものはいない

マルシナ、マルシナ、マルシナ
私たちは石が飛び交う日に出会った
不意に目が会い、どちらからともなく手を握り
無数の石が転がる街を一緒に走り
壊れた小屋の陰に身を潜めた
夜、マルシナは私をバイクの後ろに乗せて町外れの集いに出かけ
夜明けには小さな小屋に戻って眠った
翌日も飛び交う石と夜の集い
私たちは手をつないで街を走り、バイクに乗り
夜明けには泥のように眠った
次の日も、その次の日も、そのまた次の日も

だが、ただそれだけのことだ

私はマルシナについては何も知らない
不意に現れ、不意に消えてしまったマルシナ

四半世紀後の街はすっかり変わっていて
ようやく見つけたと思った庭には
天蓋はなかった
広い芝生の木陰に丸テーブルだけが残されていたが
あるいはこの庭ではなかったのかもしれない

忘れた、何もかも
忘れたことすら忘れたのだ
私はマルシナについては何も知らない

水で書かれた文字だけを残して

微笑みながら芝生の庭を去って行ったマルシナ
マルシナ、マルシナ、マルシナ
水で書かれた読めない文字

私は一人、丸テーブルを見ていた
ふと書かれたはずの水の文字が思い浮かんだ
Forget me
マルシナは細い指できっとこう書いたのだ
私を忘れて

マルシナ、水で書かれた読めない文字
不意に会い、不意に消えてしまったマルシナ
今も私はマルシナについては何も知らない

マルシナ、マルシナ……

忘れた、何もかも
そう、忘れたことすら忘れたのだ
マルシナ、マルシナ、マルシナ

寿げば、ガ

ガガ、ガガガ
おれは、昼までガであり
おまえは、その後にガである
破壊とは、許しとは、寿ぎか
寿げば、ガ

五十の歳に手足を洗い

六十には旧い街を嗤う
破壊と許しの系譜は、
終わろうとしている
（分かるか）

おれは、おれの昼にガ
ガだ、おまえもその後には
（分かるのか、分かっているのか）
ガガ、ガガガ
旧い街、狭い道

どこで終わるのか、狭い道
いつになれば消えるのか、旧い街
破壊とは、許しとは、寿ぎ

寿げば、ガ、だ
ガガ、ガガガ
おれもおまえも、ガガ、ガガガ

磁石のように腐っている

磁石のように見えないところで腐っている。フレーバーのきいたプロトコルや絶景の谷間のアマリリスのように、密かに腐敗している。私は田舎から出てきたばかりだから、雑踏の中で疲労困憊し、夜のアパートの電球の下で、ようやくほっと一息をつく。

「会社って、思ったより柔らかいんだ」とおじさんに電話した。

「そうかね。案外な見解だね」

「プロトコルをテーブルに配って、それでおしまい」

何がフレーバーだよ。壁にアマリリスのカレンダーなんか掛けるなよ。熱帯じゃねえんだぞ。みんな腐っているよ。だから柔らかいんだろ。

「それは良い見解だね」とおじさんはいった。

「どこかに腐った磁石があるんだ。それで会社からは出られない」と私。

「みんな腐ってしまうわけだね」とおじさん。


それで電話を切った。私のプロトコル命題はどうなっているのだろう。経験なんかもういいと、早くも思ってしまう。きっと裸電球の下で昔から繰り返されてきた、〝基盤となる生活〟なんだ。腐った磁石だ。会社だって柔らかいわけだよ、おじさん。

経済の映画

ジンセイとかジンルイとかって、少し飽きてきたって思わない？　あんただけでしょっていわれるなら、それでもかまわないんだけど。昨日はさ、経済の映画をみたのよね。映画だから、すぐに忘れてしまうような二時間だけの話なんだけど、みているうちにジンセイなんて、もうそろそろいいんじゃないって思えてきた。ジンルイにはジンセイがあるけど、ジンセイって、つまらないよ、本当に。なんでそんなものを話題にするのよ。少しでも面白いところがあるとすれば不幸だけでしょ。それ以外はちっとも面白くない。

　でも正直にいえば、不幸なジンセイにも、もう飽きたの、退屈なら退屈なままの方がまだまし。昨日の映画はさあ、通りがかりでみただけだけど、退屈といえば退屈で、むしろそれがいいんじゃないの。映画って普通はやっぱりジンセイなのよね。経済の映画だから、そこは通り一遍にしか扱われてなくて、幸不幸の出発点は割り振りなんだって。それだけで決まるんだって。遺伝子とかも関係ないんだって。杓子定規な説明をするだけで、不幸な人たちは出てこないの。現実味がないの。数字だけなの。一パーセントの人と九十九パーセントの人がなんたらかんたら、とかさ。結局のところ、ジンセイは姿を見せないの。そこが悪くなかった。

　エンディングロールがまたひどく長いのよね。音楽が終わってしまっても、無音のまま延々と流れ続けてる。まばらに座っている客はだれも出て行かない。みな居眠りしてたのかもね。そうならちょっと感動的な光景じゃない？

まあ、私もさ、二時間の半分くらいは居眠りしていたんだけど。ジンルイの居眠り。そう、ジンルイはみな居眠りしてればいいんじゃない？　起きてたってろくなことないよ。どうせ一パーセントには入っていないんだから。その一パーセントだって、きっとそれなりに不幸なんだから。ジンルイは居眠りしようよ、ジンセイなしで。通りがかりの映画館で経済の映画をみながら。

犯罪惑星の斥候

惑星の朝ぼらけ。戦いの野は薄明に眠り、鉄の館はいまだ門を閉ざし、私は惑星の犬と共に斥候に出る。あいまいな意図をもった犯罪はどの方角でなされるのであろうか。すべてを見逃すための斥候であるから、朝霧に沈む川向こうの砦から点呼の声が響いたとしても、あるいは不意に馬の嘶きが聞こえてきたとしても、気持ちを騒がせることはない。誰かが誰かをさらった日は犯罪惑星の起源であり、彼らは暫定的な罪と罰を繰り返しながら記憶の中を生き延びてきた。

あまたある一瞬に過ぎまいが、その時、斥候である私もまた惑星の記憶の領域に足を踏み入れてしまったようだ。惑星では今なお犯行が繰り返されているとしても、それもあいまいな記憶の中での話である。この惑星には反省ということはないから、斥候としては動ぜずに、類推可能な樹木の枝に席を定めて観戦の準備をする。案の定、右からも左からも矢は飛び始め、あまたある一瞬に過ぎなかろうと、記憶の領域は賑やかな時間に入ろうとしているようだ。

犯罪惑星が音もなく運行する暗い宇宙。あいまいな意図をもった犯罪の起源。暫定的に繰り返される罪と罰。点呼の声は止んだ。静けさの中で時折聞こえてくる馬の嘶き。樹木の下で惑星の犬は耳を立てる。やがて喊声が湧き上がるのであろう。私はそのすべてを見逃すための斥候である。

待ちねぇ、ポエティク――四連十四行詩の試み

決まった韻を踏まない定型詩とは自家撞着のようなものであるのかもしれない。待ちねぇ、ポエティクといういい加減な地口は、日本語におけるソネットの可能性を切り開こうとした先達、福永武彦らのマチネ・ポエティクの挑戦と敗北にそれなりの意義を認めつつも、あえて定型とは言い難い四連十四行詩（字余りならぬ行余りのものもなくはないが）を試みたことに対する自嘲であり、またいささかの開き直りでもある。ともあれ、これらの連作の後半はコロナ禍で引き籠りを余儀なくされた部屋で書かれることになった。

不定期船の上の斜めの恋

カチューシャってなんだろう
ヘロデってなに
不定期船の上の斜めの恋
おれとおまえの老いた恋

実施設計において傾いていた半島の美術館は
荒海の岬の向こうに見えなくなってしまった

「私たちの抱擁もガタピシしているね」
「今度はもう地上の乗り物にしか乗らないわ」

そう、きっと実施設計が誤っていたんだ
カチューシャを知らないおれと
ヘロデを知らないおまえの傾いた恋

もとより無理難題であったのか
そうであるなら寄り添って笑うしかない
不定期船の上の斜めの恋

カスピ海のヨーグルト

カスピ海のヨーグルト
南岸で供される鴨肉
それは明るい日差しの中での断念であり
美男の日々に戻ることの放棄である。

笑っているのだ、私もあなたも
薄い人生を歩むためには、どうすればいい？

あの不埒な白い雲になるためには、何をすればいい？
私は生の真実というものはつまらないと思う
しみじみとした哀感や挫折はそれだけのことだと思う
ヨーグルトと鴨肉以上のものではない

詩は人生に相渉るべきではない
美男であった時代の淋しさに足をすくわれるだけの話だ
明るい日差しのなかで笑うだけでいいのさ
カスピ海のヨーグルト

白線のロナルド

白線のロナルド
不明のものが集積する白線の向こう
表裏一体となった不明の商品
ロナルド、それがあなたの商いですか？
ロナルド、あなたの店舗は
少し傾斜していて、笑いを呼ぶ

それはあなたの敗北ですか

白線の商いはなんですか
始まる前に終わったのですか
表裏一体となった不明のものは
見えないから、たくさんあるのですか

きっと古代の傷のようなもの、あるいは固い枕、よく響く焼物……
店舗は少し傾斜していて、笑いを呼ぶ
ロナルド、それはあなたの敗北ですか

灰色の家政婦

私には分からないことが多すぎる
部屋のピアノの鍵盤を壊れるほど叩いたところで
何かが見えて来るわけではない

「アメリカは大きくなって」と、灰色の家政婦は言った
「アメリカは大きくなって、〝音楽〟が聞こえなくなった」
「どこの町の話？」

「掃除がしにくい町」

それが彼女の地政学だとしても、　町から亡命するのは誰と誰？
身長差のある二人なら
港まで行ってても引き返すしかない

家政婦の旗もまた灰色だが
アメリカは大きいまま
音楽は聞こえないまま
私には分からないことが多すぎる

デラウェア、裃《かみしも》

デラウェア、裃
誰がそれを口にしたのか
漁港に住む女は由来を知らなかった
デラウェア、裃

どこかでなにかが、壊れている
私は電話口で応酬する

小粒の種なし葡萄を唇に入れる
あなたの体はもう古い

デラウェア、袢

漁港のベッドは軋むだろう
どこかでなにかが、壊れている

古式で辿り着く背中は広くて白い
痩身の骨はキシキシと鳴り、声帯もまた壊れていく
デラウェア、袢

スキップをして遠ざかる

さまざまな声が聞こえる坂から
私はスキップをして遠ざかる
逆進性の奴隷、声が行き交う市場
逆らい難い午後の誘惑から、だ

坂の声は、みな誘惑の値段を交換し合っている
「あんたが悪いから、市場はこうなってしまった」

「ドローンが飛ぶ空よりは地雷原の方がましだ」
「誰が悪いんだって？」と
長身の娘が言い返す
旗を乾かしていた右翼の孫だ

私はスキップをして遠ざかる
やんぬるかな、右翼の孫
危ういかな、誘惑
そんな坂から私はスキップをして遠ざかる

誘惑の値段を交換し合う坂
逆進する奴隷、声が行き交う市場
そう、そんな坂から私はスキップをして遠ざかるのだ

ワダさんは道端で戦争の準備をする

誰？
どこ？
語り部はどこなの？
どこにいるの？

平らなスポーツカーを道端に止めて
説明不足にもめげないで
世俗主義者のふりをして
街を見回しているワダさん

ワダさんは優しいから
語り部がいなくなった巨大建築の前でも
微笑みを絶やさない

ワダさんが待っているのは誰?
埋められていた将軍?
チバデンテツに乗っていた歌手?

ワダさんは優しいから
道端で戦争の準備をする

平らなスポーツカーを止めて
説明不足にもめげないで

世俗主義者のふりをして
ワダさんは道端で戦争の準備をする

野郎自大の関所まで

野郎自大はなんですか？
空ですか椅子ですか？
国を越え、皮膚を越えても
空は空、椅子は椅子ですか？
今はそんな時ではないと
あなたはいう

今は大きな問題には向き合わないほうがいい、と

飛んでも跳ねても空は空
国を越えても椅子は椅子
野郎自大に場所なんてない

たしかにね
場所なんてあるわけはない
それでもやはり行きたいと思うのさ
野郎自大の関所まで

鉢植えのゴムの木

誰もいない午後
遠い丘の塔や家並みを
見るともなく見ている

朝、駐車場からベージュのワゴンが出て行った
あなたが私を傷つけたのか
私があなたを傷つけたのか

沈黙したままでは分かるわけもない

不意に怒声が聞こえたのは
下の坂だが
見下ろしても声の主はいない

そう、きっと二人は
お互いの沈黙に傷ついたのだ
怒りすらもないことに
がらんとした部屋には
葉にうっすらと埃をおいた鉢植えのゴムの木

カマクラから来たミューズ

神奈川県立近代美術館に捧ぐ

よく晴れた日の海岸の話だ
半島の段丘の上には両手を腰に当てて海を見晴るかす女がいて
私はその近代的な腰付きに見とれていた

近代なんて、誰もよくは知らない時代の話だから
それ故にまた終わりようもない時代の話だから
ジンルイの一人である私は

目を背けるわけには行かない

ハヤマの海岸に立つ女
カマクラから来た女らしい
失われた過去の池の畔に生まれ育ったというミューズ

美しいというのはもはや触れえぬものへの憧憬に由来する
麗しくもまた哀しい感情だから
今なお彼女の近代的な腰付きにジンルイは陶然とさせられるのだ
そう、晴れた日の段丘に一人たたずむ麗しき女
ラ・ミューズ・ダール・モデルン！

乙女の勝負、箇条書き

リリト幻想

神さま、乙女の勝負って見たことある？　結構、すごいよ。箇条書きにしてみようか。一、感情があればルールはいらないっていってた。二、終わりがないから勝ち負けもないみたい。三、だから相手はいなくてもかまわない。必要ない。四、いつの間にか猿やら魚やらを味方に付けてしまう。五、勝負にさりげなく織りまれている持病と睡眠、等々。なんてね。

どう思う、神さま？　乙女って、ほんとは少し怖いところがあって、爆発することもあるし。爆発すれば椅子だって投げるし。テーブルだって壊すし。たぶん町だって、国だって破壊しちゃうんじゃない。戦争だってやっちゃうし。惑星を刻んで宇宙の外に捨てちゃうし。神さまも、乙女にはちょっとは気を付けた方がいいと思うよ。ね、神さま。

断念と抱擁

塩田千春の余白に

赤いシャツを着た男が水道の蛇口から直接水を飲んでいる。地獄からも見放された男だ。他に行く場所も知らないので、蛇口から水を飲んでいるのだ。

境遇のわりにはのどかなものである。「死ぬのはいつも他人」などと嘯き、先のこともさして気にはならないらしい。

見放された男ならそれでいいだろう。だが白いドレスの女となると話は別である。ある明け方に彼女は寝台の上で目覚めたが、そこがどこかは分からなかった。上半身を起こしたが、それも夢かも知れなかった。目覚めたのは夢とも現ともつかぬ場所であったということだ。

起き上がった彼女は大小のドレスを無数の黒糸を張り巡らした部屋に封じ込め、あるいは泥まみれにしてシャワーの水を浴びせかけたが、そのこともまた自らの姿の喪失を露わにするだけであった。いかにしても白いドレスは不在のアレゴリーであることを免れることはできなかったのである。

以前の世紀ならそんな目覚めはなかったはずだ。その時代には散歩をする者もなく、語るべき記憶もなく、一人だけの夢もなかった。子供は現れず他者も姿を見せはしなかった。

赤いシャツの男なら言うだろう。それらは皆、私たちの不幸な世紀によって、次々に誕生させられたのだ。記憶も夢も、あどけない子供たちすらも。

「散歩などという哀れな事態は、ジンルイが陥った病にすぎない。私なら蛇口に口をつけて水を飲む。しかし。嗤うべきことに、その蛇口は散歩をする公園の中にしかないのである」

そこで彼女は赤い糸を張り巡らす。行く場所を知らない赤いシャツの男を抱擁するかのように。

舟を覆い、靴を繋ぎ、スーツケースを宙吊りにする無数の糸。旅と出奔のアレゴリーは成就されえないことを告げる優しくも無慈悲な赤い糸。それは容赦のない抱擁であり、果てしない拘束であり、酷薄な断念であり、それゆえにまた大いなる救済でもあるだろう。

――誰が地獄を知るというのか。
――その向こうには眠る女。

反歌　夜のフラヌール

なにか一つ、思い付くことがあるだろうか
記憶の中から蘇ってくることが
それが誰のものとも知れぬ夜の記憶だとしても……
私は暗い舗道をどこへともなく歩いていた
四辻を曲がらずに、目指す家もなく

ところどころに灯る街灯の明るみから次の明るみへと

夜のフラヌール
訪ねる場所もないフラヌール
なにか一つ、思い付くことがあるとすれば
それはあるはずもない記憶の断片……

窓の隙間から光が漏れていた
それは記憶の在り処に違いなかったが、私は立ち止まらずに通り過ぎた
そう、蘇らせるのだ、あるはずもない夜の記憶を
誰のものとも知れぬ記憶の断片を……

ワシリ峠からの逃亡

父は決戦がなされるはずであったワシリ峠からの逃亡兵であった。戦いは決戦がないままに終わってしまったから逃げる必要などなかったのではないかと思う向きもあろうが、ともあれ父は逃亡兵となった。しかし父はそのことを恥じてはおらず、また隠してもいなかった。周辺からも批判の声は聞こえてこなかった。集会などで、ワシリ峠から最初に逃亡された方ですと紹介されると、父は片手を上げ、軽く会釈するのが常であり、居合わせた人たちもみな微笑みで応じたのである。まだ幼かった私には、そうした光景を目にすることはいささか誇らしくもあった。

状況が混沌とする中での策だとしても、いま思えば、逃亡とはそれなりに考えられた選択であったはずである。断念や放棄が結果的にではあれ、なされるべきことの不毛性を明らかにしてしまうことがあるように、逃亡もまた戦いというものの背理を暴いてみせるのではなかろうか。そう、私にはむしろ逃亡することこそが戦場の倫理と呼ぶにふさわしい決断であったとさえ思われるのだ。たしかにワシリ峠では決戦がないままに戦いは終わってしまったが、逃げる必要などなかったのかというと、実は話は逆である。父が最初の一人であったかどうかは確かめようのない話だが、父に続いてパラパラと逃亡兵が出始めたといわれてはいる。相手の陣営にも似たようなことが起こり、奇妙な言い方に聞こえるかもしれないが、時を経ずして戦いそのものが自然消滅してしまったのである。ワシリ峠の戦いとは勝者もいなければ敗者もいない戦い、〝やがて誰もいなくなってしまった〟ことで知られる戦いであった。ブラーヴォ！ブラーヴァ！ブラーヴィ！　ワシリ峠からの逃亡が世紀を越えて語り継がれ、今もなお微笑みをもって受け入れられている所以である。

室温の文学

小説はかねてから室温であり、今なお室温である。おそらくは誕生の経緯において室温の宿命を担わされていたというべきかもしれない。ジンルイの歴史を通して、室温以外の小説が読まれたという例を、寡聞にして私は知らない。なぜだろう、なぜならば！　野の亡霊の係累であったはずの詩が、ある雨の夜に書き置きもなく姿をくらましてしまったからである！　そして、あとに残された、亡霊とは無縁であったところの部屋の中の言葉が、自らの室温のカルマをもって小説を生み出すに至ったというわけなのだ……。

かくしてジンルイの眼前には今なお室温の小説がある。ならば、室温よ、室温よ、その昔日の出奔と誕生の経緯をわきまえ、せめては穏やかならぬものであれ、かなうことならマボロシの野を呼び、部屋に雨を降らせるほどに。亡霊の係累を蘇らせるほどに、そう、小説がもはや詩でありうるほどに。ああ、室温よ、室温よ、室温よ……。

初出記録

陸蒸気のアネさん――「カナリス」四号　二〇一五年九月
ねえ、セギさん――「カナリス」五号　二〇一七年五月
若鷲だが――「カナリス」六号　二〇一九年三月
霧と剝製――「東京新聞」二〇一三年十月二十六日夕刊（初出タイトルは〈朝霧夜霧〉）
剝製譚々、狂えるマエストロ――「現代詩手帖」二〇二〇年十一月号
新内と剝製――同右
夜はレンズに――「現代詩手帖」二〇一六年一月号
寿げば、ガ――「現代詩手帖」二〇一九年一月号
犯罪惑星の斥候――「カナリス」七号　二〇二一年三月
不定期船の上の斜めの恋――「現代詩手帖」二〇二〇年四月号
カスピ海のヨーグルト――同右
白線のロナルド――同右
灰色の家政婦――同右
デラウェア、袢――同右
カマクラから来たミューズ――「たいせつな風景」二十七号　神奈川県立近代美術館　二〇一八年十月三十一日
乙女の勝負、箇条書き　「カナリス」七号　二〇二一年三月
断念と抱擁――「塩田千春」展カタログ　森美術館　二〇一九年八月
ワシリ峠からの逃亡――「現代詩手帖」二〇一八年一月号
室温の文学――「花椿」二〇一五年五月号　資生堂

剝製篇《はくせいへん》

著者　建畠《たてはた》哲《あきら》

発行者　小田久郎

発行所　株式会社思潮社

〒一六二―〇八四二　東京都新宿区市谷砂土原町三―十五

電話　〇三（五八〇五）七五〇一（営業）

〇三（三二六七）八一四一（編集）

印刷・製本　創栄図書印刷株式会社

発行日　二〇二一年九月一日